AF176551

Christoph-Maria Liegener

Die wundersame Heilung eines Sexbesessenen

Ein Roman

© 2020 Christoph-Maria Liegener

Herstellung und Verlag:
BoD – Books on Demand, Norderstedt
Cover-Bild: Rechte beim Autor

ISBN:
9783751958684

Inhalt

Vorwort

Dies ist eine fiktive Geschichte, aus wirren Fantasien zusammengewürfelt. Nichts davon entspricht irgendwelchen realen Geschehnissen, jedenfalls nicht in dem Zusammenhang. Vielleicht macht's trotzdem Spaß.

Meiner Frau danke ich für zahlreiche Verbesserungsvorschläge.

Christoph-Maria Liegener

Die Anfänge

Für Ludwig war es „das erste Mal", für Luisa auch. Noch nie hatten sie jemanden vom anderen Geschlecht an ihre intimen Körperteile gelassen. Na ja, mal abgesehen von Sandkastenspielen. Aber das zählte wohl nicht als Sex in diesem Zusammenhang.

Die jetzige Sex-Premiere ereignete sich nach dem Abschlussball der Tanzschule und erwies sich als Reinfall. Technisch war schon alles in Ordnung – Koitus und so – aber gefühlsmäßig blieben sie beide auf der Strecke. Luisa lag steif wie ein Brett unter Ludwig, während der sich redlich abmühte. Sie schien in Gedanken ganz woanders zu sein. Wahrscheinlich wünschte sie sich sehnlichst das Ende der Aktion herbei und dachte dabei: Wie lange dauert es denn noch?

Ludwig ließ sich davon nicht beeindrucken. Er zog sein Ding durch wie ein Roboter. Besonders zärtlich kam er dabei nicht rüber.

Nähergekommen waren sich die beiden bei den Tanzstunden. Sie kannten sich zwar schon vorher – gingen in die gleiche Klasse eines Gymnasiums. Aber gefunkt hatte es erst, als sie sich anfassen durften. Wie es der Zufall wollte, hatte Luisa noch nie jemanden vom anderen Geschlecht so nah an sich herankommen lassen. Sie war zwar mit ihren Freundinnen in den Clubs gewesen und hatte mit ihnen getanzt, aber nur in freier Haltung in ihrer Mädchengruppe. Jetzt spürte sie zum ersten Mal, wie es sich anfühlte, sich im Körperkontakt mit einem Partner zum Takt der Musik zu bewegen. Es verzauberte sie.

Ludwig hatte schon vorher mit Mädchen im Club getanzt, sich aber noch nie mit einer der Schönheiten verabredet. Die Pubertierenden kamen ihm zu kindisch vor und an die erwachsenen Frauen traute er sich nicht heran. In der Tanzschule konnte man in Kontakt treten, ohne sich gleich zu binden. Das gefiel ihm. Luisa gefiel ihm auch.

Ludwig merkte bald, dass sich die kleine Maus Hals über Kopf in ihn verknallt hatte. Das war ihm noch nie passiert und er genoss diese Situation. Er betrachtete es als ein großes Abenteuer und spielte das Spiel mit Begeisterung. Sie sprachen öfter miteinander, flirteten ein wenig. Er forderte sie bei jeder Gelegenheit zum Tanzen auf, bei Damenwahl sie ihn. Als schließlich der Abschlussball nahte, lud er sie als seine Begleiterin ein und sie sagte zu. So weit war alles in Ordnung.

Luisa war begeistert in das Gefühl ihrer ersten Liebe eingetaucht. Ihre Hormone spielten verrückt. Trotzdem hatte sie auch Angst. Mädchen sind in dieser Hinsicht verletzlicher als Jungen. Würde er sie respektieren, wenn sie sich ihm öffnete? Sie nahm vorsichtig die Einladung zum Ball an, stimmte auch zu, als Ludwig sie nach dem Ball mit ein paar Freunden noch in eine Bar mitnahm und folgte ihm sogar auf sein Zimmer zu Hause.

Natürlich wusste sie, worauf sie sich da einließ – sie wussten es beide und wollten es. Das ist der Überschwang der Jugend. Man glaubt, man müsse etwas tun, weil alle anderen es tun.

Dementsprechend verkrampft lief die Vereinigung ab. Für Luisa eine Tortur, für Ludwig nicht. Er betrachtete Luisa als eine Art Trophäe und war stolz auf seine Heldentat.

Als es vorbei war, versprach er, dass er sie anrufen würde – was er nicht tat. Für ihn war es gelaufen. Ihm reichte, was er hatte. Die Ereignisse sprachen für sich: Sie waren beide entjungfert worden, hatten Sex gehabt, schlechten zwar, aber immerhin. Ludwig fühlte sich nun zu weiteren Taten berufen, wollte seine Fähigkeiten bei so vielen Mädchen ausprobieren wie möglich. Da er ganz passabel aussah, fand er auch immer wieder Opfer für seine Versuche. Man muss ihm allerdings zugestehen, dass er im Lauf der Zeit mehr Einfühlungsvermögen entwickelte, als er am Anfang gezeigt hatte. Sonst wäre er kaum so weit gekommen. In der Tat aber wurde er immer besser, wenn man das so salopp sagen darf.

Er blieb zunächst nur an One-Night-Stands interessiert. Je mehr er hatte, desto mehr wollte er. Später lernte er, dass man mehr Spaß haben konnte, wenn man sich mehrfach traf und sich besser aufeinander einstellen konnte. Trotzdem blieb er mit seinen Gefühlen immer an der Oberfläche. Unzählige Experimente folgten. Er ließ sich vom Leben treiben wie ein ruderloses Boot im stürmischen Ozean.

Was für ein sinnloses Leben!

Die Jahre vergingen und er blieb, was das andere Geschlecht betraf, ohne irgendeine Bindung.

Das Ideal, das er suchte und schon einmal verloren hatte, schien jene Luisa zu sein, die er so schlecht behandelt hatte. Sie hatten nach dieser einen Nacht nie mehr miteinander gesprochen, obwohl sie ja in der Schule in dieselbe Klasse gingen. Das fühlte sich durchaus schräg an und er dachte zuweilen, dass er sie vielleicht doch hätte anrufen sollen. Aber dann hätte sie sich womöglich eingebildet, dass sie fortan fest zusammen wären oder Ähnliches. Daran hatte er vorläufig kein Interesse. Er war jung, wollte sein Leben in Freiheit genießen!

So blieben sie auf Distanz und bald kam das Abitur.

Dann verließen sie beide gleichzeitig das Gymnasium und gingen ihrer Wege, ohne sich noch einmal umzusehen.

Ein Wiedersehen

Womit Ludwig nicht gerechnet hatte: Er sah Luisa eines Tages nach Jahren wieder. Er entdeckte sie zufällig auf einer dieser Partys, auf denen er Mädchen aufriss, erkannte sie sofort wieder: Luisa, „das Brett". Ihre Blicke trafen sich. Schnell sah sie in eine andere Richtung. Sie hatte ihn offenbar auch erkannt, wollte aber nichts mit ihm zu tun haben.

Ihn andererseits hatte die Neugier gepackt. Dass er sie hier antraf, bedeutete wohl, dass sie noch in der Stadt wohnte. Studierte sie wie er? Er hätte gern mit ihr gesprochen, aber sie wich ihm aus. Keine Chance.

Was ihn einfach umgehauen hatte, war ihr Blick. Es lag so viel Traurigkeit darin. In diesem Sekundenbruchteil, da sich ihre Blicke getroffen hatten, traf es ihn wie eine Keule. Wahrscheinlich hatte er sie damals beim ersten Mal mehr verletzt, als er gedacht hatte.

Diese Trauer gab all die Enttäuschung des jungen Mädchens wieder, das sich unsterblich in ihn verliebt hatte, ihm ihre Jungfräulichkeit geschenkt hatte und so schändlich ausgenutzt worden war. Sie musste den Blick abwenden, damit er ihren Schmerz nicht sah, nicht sah, dass sie über diese ihre erste Liebe nie hinweggekommen war. Sie liebte ihn immer noch und schämte sich dafür. Gleichzeitig scheute sie wie ein gebranntes Kind das Feuer und wäre am liebsten weggerannt.

Was tat das mit Ludwig? Er bekam nicht nur ein schlechtes Gewissen. Ihre Traurigkeit hatte ihn angesteckt. Was, wenn er sie damals angerufen hätte wie versprochen? Sie hätten eine großartige Beziehung führen können, gemeinsam die Geheimnisse der Liebe entdecken können. Sie erschien ihm jetzt wertvoller als all die Mädchen, die er in der Zwischenzeit gehabt hatte. Sie stellte sie alle in den Schatten. Was für eine Frau! Gleichzeitig schien sie für ihn unerreichbar geworden zu sein.

Am nächsten Tag begann er, Nachforschungen anzustellen. Er bekam ihre Adresse heraus und es bestätigte sich, dass sie studierte, allerdings an einer anderen Fakultät als er. Sie Geisteswissenschaften, er Betriebswirtschaftslehre. Aber er hatte eine Idee. Er suchte ihre Mensa zur Mittagszeit auf und beobachtete unauffällig den Eingang. So sah er, wie Luisa mit ihren Kommilitoninnen zu Tisch ging und mit welcher der jungen Damen sie besonders befreundet zu sein schien. Diese Freundin verfolgte er dann bis zu deren Wohnung und gelangte so in den Besitz der Adresse und des Namens der Freundin: Nadine.

Als Nächstes rief er die ihm noch unbekannte Nadine an, erzählte ihr sein Schicksal und bat sie um Hilfe. Er behauptete, sie würde damit auch Luisa einen Gefallen tun. Tatsächlich erwies sich Nadine als hilfsbereit. Sie erzählte Luisa bei Gelegenheit Ludwigs Geschichte, allerdings so, als hätte sie selbst sie erlebt und nicht Luisa. Dann diskutierte sie mit Luisa, was zu tun wäre.

Als Ergebnis fanden die beiden heraus, dass man prüfen müsse, ob der jeweilige junge Mann sich geändert hätte. Luisa, die sich an ihre eigene Vergangenheit erinnerte, dachte dabei auch über sich selbst und Ludwig nach.

Nun war der Weg bereitet. Ludwig schrieb ihr einen Brief, ganz altmodisch von Hand mit Tinte auf Papier, und schickte ihn ihr mit einem Blumenstrauß – er wählte keine roten Rosen, sondern einen bunten Strauß. In dem Brief entschuldigte er sich ausgiebig für sein damaliges Verhalten und versuchte, es irgendwie zu erklären. Eine Lüge wollte er ihr zu Beginn eines Neuanfangs nicht auftischen. So blieb er bei der Wahrheit, nahm er Zuflucht zur Psychologie und beschrieb seinen damaligen Entwicklungsstand als unreif und dumm. Er habe sich aber gebessert, versicherte er.

Das könnte ein unbeteiligter Beobachter zwar als übertrieben bezeichnen, aber man muss einräumen, dass er sich doch geringfügig weiterentwickelt hatte. Dass er seine gegenwärtigen Aktivitäten nicht erwähnte, zählt wohl nicht direkt als Lüge. Ungefragt brauchte er nicht darüber zu reden.

Zumindest konnte er aufrichtig behaupten, dass seine Absichten diesmal ernsthafter waren als damals. Das stimmte wirklich. Am Ende des Briefes bat er sie schließlich um Kontaktaufnahme. Ein physisches Wiedersehen erwähnte er lieber noch nicht. Er gab seine Kontaktdaten an, insbesondere auch seine E-Mail-Adresse.

Es geschah nichts. Keine Mail von ihr, kein Anruf. Schweigen.

Was sollte er tun?

Er stocherte weiter in ihrem Leben herum, fand heraus, dass sie gern joggte. Das fügte sich gut. Auch er joggte viel, ja mehr noch, er betrieb Langlauf semiprofessionell, trainierte für den Halbmarathon.

Nun wusste er, was er zu tun hatte. Er fuhr mit dem Auto zu der Strecke, wo sie immer lief, zu der Zeit, da sie immer lief, und wartete. Tatsächlich kam sie bald vorbeigelaufen. Sofort begab er sich auch auf die Piste und hatte sie bald eingeholt.

„Hallo", rief er, als er neben ihr angekommen war.

Sie sah ihn überrascht an und wandte sich sofort wieder ab. Offenbar wünschte sie keinen Kontakt. Um ihn loszuwerden, beschleunigte sie ihre Schritte. Für Ludwig kein Problem mitzuhalten.

Da brach sie seitwärts in die Wildnis aus und lief querfeldein über einen Acker. Bloß weg von ihm!

Wenn sie unbedingt die Flucht ergreifen wollte, würde er sie nicht verfolgen. Er blieb stehen und rief ihr noch nach:

„Sei vorsichtig! Auf dem unebenen Grund kann man sich leicht den Fuß vertreten."

Sie lief unbeeindruckt weiter und nach wenigen weiteren Schritten geschah es: Sie knickte um, ging zu Boden und hielt sich mit schmerzverzerrtem Gesicht den rechten Knöchel.

Jetzt ging er ihr doch nach. Er musste schließlich nachsehen, ob sie Hilfe brauchte. Bei ihr angekommen, fragte er:

„Ist es schlimm?"

„Nein, nein, geht schon", stieß sie hervor und versuchte aufzustehen. Mit einem Wimmern sank sie zurück.

„Darf ich mir das mal ansehen?", fragte Ludwig.

„Hast du etwa Medizin studiert?", gab sie schnippisch zurück.

„Nein, bei mir ist es nur Erfahrung. Ich laufe viel und hatte schon die eine oder andere Verletzung, so dass ich mich ein wenig auskenne.

Aber wenn dich interessiert, was ich studiere …"

„Das interessiert mich überhaupt nicht …", schnappte sie.

„Ich studiere Betriebswirtschaftslehre und bin bald fertig."

Luisa schwieg dazu.

„Also, soll ich mich mal darum kümmern?", nahm Ludwig den Faden wieder auf und wies auf Luisas Knöchel.

„Na gut, wenn du meinst, du versteht etwas davon …"

Ludwig tastete sogfältig den Knöchel ab.

Luisa betrachtete ihn dabei und ihre Gedanken schweiften ab:

Warum hatte er damals nicht so behutsam sein können, statt sich grob über sie herzumachen? Er war wohl zu dem Zeitpunkt wirklich noch zu unreif gewesen. Heute dagegen … Sie ertappte sich bei dem Gedanken an Zärtlichkeiten. Unmöglich!

Ludwig war mit seiner Untersuchung fertig geworden, machte ein ernstes Gesicht und konstatierte:

„Wahrscheinlich ist er gebrochen. Ich werde dich in die Notaufnahme bringen müssen. Mein Auto steht nicht weit entfernt."

Damit stand er auf und streckte ihr die Hand entgegen, um ihr aufzuhelfen.

Sie sträubte sich jetzt nicht mehr und er stützte sie, während sie gemeinsam zum Auto humpelten.

Er brachte sie zur Notaufnahme und die gipsten den Fuß ein. Anschließend fuhr er sie nach Hause.

Hier konnte sie sich tatsächlich zu einem „Danke" hinreißen lassen.

Ludwig war zufrieden.

Er mailte ihr in der nächsten Zeit öfter, um sich nach ihrem Befinden zu erkundigen, und – siehe da – sie antwortete.

So entwickelte sich ein zaghafter Kontakt. Nach einer Weile wurde der Tonfall lockerer und Ludwig wagte es jetzt, sie zum Abendessen einzuladen, damit sie sich einmal richtig aussprechen könnten. Luisa sagte zu.

Der nächste Anlauf

Ludwig schwebte im siebten Himmel. Er würde sich mit Luisa versöhnen! Der Abend kam und mit ihm die Katastrophe.

Dabei hatte alles so gut begonnen. Sie hatten das Restaurant unter den staunenden Blicken der anderen Gäste betreten. Kein Wunder, waren sie doch ein ausgesprochen schönes Paar. Er schwarzhaarig, sie blond, beide groß, schlank, sportlich und elegant gekleidet. Auch sie selbst hatten sich inzwischen gründlich gegenseitig betrachtet und ausgetauscht, inwieweit sie sich verändert hätten.

Dann setzten sie sich und bestellten. Vorsichtig begann Ludwig, von seinem jetzigen Leben zu erzählen, ließ jedoch die Sex-Eskapaden aus. Er hatte die nicht unberechtigte Befürchtung, dass Luisa ihn immer noch für den Idioten halten würde, der er früher gewesen war. Stattdessen sprach er davon, seit damals gereift zu sein und erkannt zu haben, wie falsch er sich verhalten hatte. Er brauchte nicht einmal zu lügen. Wenn er Luisa vor sich sah, glaubte er tatsächlich selbst alles, was er sagte.

Luisa hörte ihm ernsthaft zu. So weit, so gut. Jetzt wollte er sie ein wenig auflockern.

„Weißt du noch, wie Jörg damals dem Mathe-Lehrer einen nassen Schwamm auf den Stuhl gelegt hat? Der Mayer hatte tatsächlich eine nasse Hose danach. Wie er sich geniert hat!", gab er unvermittelt zum Besten.

Tatsächlich konnte er Luisa damit ein leichtes Lächeln entlocken. Er wollte einen Witz nachschießen, den er kürzlich gehört hatte. Allerdings begab er sich damit auf dünnes Eis. Doch er dachte nicht vorher nach und begann leichtherzig:

„Kennst du den? Auf der Straße fährt ein Auto. Darin sitzen nur eine hübsche junge Frau und ihr perfekter Ehemann. Was passiert?"

Jetzt grinste Luisa erst einmal belustigt und behauptete:

„Den Anfang kenne ich: Einen perfekten Ehemann gibt es nicht. Also sitzt die Frau allein im Auto. Wie geht es weiter?"

„Das hast du schon mal gut erkannt. Der Rest ist einfach: Die Frau ist also allein im Auto. Folglich muss sie am Steuer sitzen. Das Problem: Hübsche junge Frauen können nicht Auto fahren. Daher gibt es einen Unfall."

„So eine Unverschämtheit! Nimm das zurück! Na warte!", lachte Luisa, rannte um den Tisch und trommelte scherzhaft auf Ludwigs Brust. Der fiel vor Lachen fast vom Stuhl und japste:

„Ja, du hast natürlich recht. Ich entschuldige mich."

Nun waren sie auf einer Wellenlänge und unterhielten sich unbefangen weiter.

Ludwig erzählte Luisa von einem seiner vielen Hobbys, der Astronomie. Sie kamen auf den Zwergplaneten Pluto zu sprechen, auf dessen Oberfläche ein riesiges Gebiet in Form eines weißen Herzens zu sehen sei.

„Kannst du mir das mal am Sternenhimmel zeigen?", fragte Luisa.

„Nein, das sieht man von der Erde aus nicht. Die Sonde New Horizons hat bei ihrem Vorbeiflug Fotos von Plutos Oberfläche gemacht, auf denen das Herz zu sehen ist. Ich kann die die Bilder bei Gelegenheit zeigen. Aber für den Augenblick sollte dir das hier genügen …"

Und Ludwig skizzierte den Himmelskörper mit dem Herzen auf einem Zettel und schenkte ihn Luisa mit den Worten:

„Hier: mein außerirdisches Herz für unsere irdische Liebe!"

Luisa nahm den Zettel mit ernstem Gesicht, wobei sie zu bedenken gab:

„Du solltest mit so etwas wirklich nicht spaßen."

„Warum nicht? Ich empfinde so."

„So weit sind wir aber noch nicht."

Er war trotzdem zufrieden. Das hätte schlechter ausgehen können. „Noch nicht", hatte sie gesagt, was doch so viel bedeutete, dass sie sich vorstellen konnte, irgendwann so weit zu sein. Hier zeichnete sich zumindest ein Anfang ab.

Nebenbei bestellten sie und aßen mit gutem Appetit. Es schmeckte ihnen ausgezeichnet.

Sie waren schon fast fertig, da geschah das Unglück. Ludwig schüttete sich versehentlich Rotwein über sein weißes Jackett. Was für ein Malheur! So hatte er sich das nicht vorgestellt. Das Abendessen drohte in einem Fiasko zu enden.

„Die Jacke kann ruhig etwas mehr Farbe vertragen", scherzte er tapfer, nachdem er sich gefangen hatte. „Sah doch irgendwie langweilig aus."

Er zog die Jacke aus und bat den Kellner, sie reinigen zu lassen.

Luisa spottete:

„Das wird auch nichts nützen. Der Fleck bleibt."

„Nein, ganz bestimmt geht er raus. Wollen wir wetten? Um einen Kuss!"

Luisa war einverstanden. Sie mochte inzwischen Ludwig fast wieder so wie damals und hätte gegen einen Kuss nichts einzuwenden gehabt. Erwartungsvoll rief

Ludwig den Kellner herbei und fragte ihn, ob der Fleck wohl herausgehen würde.

„Aber sicher, mein Herr. Wir haben gute Erfahrungen mit dieser Reinigung gemacht."

„Also …", wandte Ludwig sich Luisa zu. „Ich habe gewonnen."

„Ach, dem Kellner glaubst du also eher als mir?", neckte sie ihn, gab dann aber doch nach und rief:

„Okay, du hast gewonnen!"

Diesmal war Ludwig dran, um den Tisch zu kommen und sich seinen Kuss abzuholen.

Luisa hatte nach dem Unfall mit dem Rotwein erst einmal einen Schreck bekommen, dann aber angefangen zu lachen, vor allem, weil ja nichts wirklich Schlimmes passiert war. Jetzt war das Lachen in ein permanentes Glucksen übergegangen. Der reichlich getrunkene Rotwein trug wohl seinen Teil Schuld daran. Das Lachen verging ihr allerdings, als es ans Bezahlen ging. Ludwig hatte nämlich Portemonnaie und Brieftasche im Jackett gelassen und das befand sich jetzt auf dem Weg in die Reinigung. Was tun? Nach anfänglichem Zögern entschloss er sich, Luisa zu bitten, ihm auszuhelfen. Ihr erstes Date nach so langer Zeit und sie sollte zahlen! Die Rechnung, die sie eigentlich nie hätte zu Gesicht bekommen sollen, ließ sie erblassen. Angesäuert zog sie ihre Kreditkarte heraus und erledigte das.

Sofort wurde ein Bote der Jacke hinterhergeschickt, um Portemonnaie und Brieftasche sicherzustellen. Die Autoschlüssel hatte Ludwig sich in die Hosentasche gesteckt und sie waren ihm geblieben. Nun konnte er Luisa wenigstens nach Hause bringen.

So ein Abendessen kann auf die verschiedensten Weisen enden: im Bett, mit einem Krach oder mit einer erneuten Verabredung. Die letzte Möglichkeit ist die langweiligste und wohl auch die häufigste. Hier trat sie ebenfalls ein. Ludwig versprach, sie am nächsten Tag anzurufen – aber diesmal wirklich!

Seine Sachen bekam Ludwig am nächsten Tag zugestellt und war mit dem Schrecken davongekommen. Er rief nun wie versprochen Luisa an, um sie auf den neuesten Stand zu bringen und sich noch einmal für den verpatzten Abend zu entschuldigen. Die Angebetete versicherte ihm, dass es ihr gut ginge. Sie lachten gemeinsam über den vergangenen Abend und verabredeten sich für diesen Abend aufs Neue.

So ging es eine Weile weiter und Ludwig machte Fortschritte dabei, Luisa wieder näherzukommen. Nach ein paar Wochen wagten sie sich sogar wieder an Sex heran. Diesmal klappte es wesentlich besser als beim ersten Mal. Ludwig hatte inzwischen genügend Erfahrung gesammelt und dabei das notwendige Einfühlungsvermögen entwickelt. Er hatte gelernt, dass es darauf ankam, die geheimen Wünsche der Partnerin zu erforschen und diese zu erfüllen. Fast hätte man ihn als Frauenversteher bezeichnen können. Es gelang ihm, Luisa in Fahrt zu bringen und beide waren hinterher glücklich über das Erlebnis. Nun waren sie fest zusammen und blieben es auch zunächst.

Alle Ampeln standen auf Grün – es hätte so schön sein können, wenn nicht … Aber greifen wir nicht vor!

Als Nächstes bauten Ludwig und Luisa ihre Beziehung weiter aus. Sie zogen nach einer Weile zusammen und führten einen gemeinsamen Haushalt. Fast schon wie in einer Ehe. Es geschah nicht mehr viel Spektakuläres. Dafür häuften sie viele schöne gemeinsame Erinnerungen an. Eine wundervolle Zeit!

Der nächste Schritt lag in der Luft. Luisa hoffte wohl tatsächlich auf eine Ehe, aber Ludwig verharrte noch in seinem unentschlossenen Zustand. Insgeheim fand er, es liefe doch alles auch so ganz gut.

Sie sprachen nicht darüber. Indes teilte Luisa seine unbekümmerte Haltung nicht. Sie erwartete offenbar etwas, woran Ludwig überhaupt nicht dachte. Während er noch den Sonnenschein genoss, zogen bei Luisa erste Wolken am Horizont auf.

Aus solchen Kommunikationslücken können Verstimmungen entstehen. Hier kam es bislang nicht dazu, vor allem weil Luisa ihm Zeit geben wollte. Nichts lag ihr ferner, als Ludwig zur Ehe zu drängen. Eine überstürzte Ehe hatte schon mancher bereut.

Schlimmer war etwas anderes, was sich langsam andeutete.

Es ist ein ewiges Rätsel, warum der Mensch, wenn er bekommt, was er sich lange gewünscht hatte, nicht damit zufrieden sein kann.

So ging es auch Ludwig. Anstatt seine Beziehung endlich auf den nächsten Level zu bringen, benahm er sich wie ein Tier in der Brunst. Da sprang sein Testosteron-System jedes Mal an, wenn er eine hübsche andere Frau sah. So irrational es auch schien, er taxierte die anderen Frauen, als ob er selbst noch auf dem Markt wäre und nicht in festen Händen, wie es doch der Fall war.

Wie konnte er das nur riskieren? Wie lange würde Luisa das tolerieren? In der Tat störte es sie, wenn sie bemerkte, wie Ludwig anderen Frauen heimlich hinterhersah. Wie sollte sie sich da auf ihn verlassen können? Und schon hatte sie die Eifersucht gepackt.

Eine schwierige Beziehung

Eifersucht muss nicht pathologisch sein. Als entscheidendes Kriterium gilt dabei, ob sie berechtigt ist oder nicht. In der ersten Zeit spielte Ludwig durchaus noch ehrlich, obwohl er auch damals schon ein wenig zu viel Interesse an anderen Frauen zeigte. In so einem Fall braucht man nicht wirklich eifersüchtig zu sein. Nachsicht ist angebracht, obwohl ein wenig Wachsamkeit nicht schaden kann. Um gut miteinander auszukommen, sollte man das Gespräch suchen.

So kam es dann auch. Eines Tages konnte Luisa sich nicht mehr beherrschen und sprach das Thema direkt an:

„Würdest du mich je betrügen?", fragte sie ihn.

„Aber Liebling, wie kommst du denn auf so etwas? Ich liebe nur dich."

„Und was wäre, wenn sich dir die Gelegenheit bei einer umwerfend schönen Frau böte?", insistierte Luisa.

„Eine umwerfend schöne Frau? Keine Konkurrenz für dich", beruhigte er sie.

„Und was, wenn die Frau umwerfend schön, reich und berühmt wäre?", hakte sie nach.

„Ja dann … Dann würde ich dich wahrscheinlich betrügen", scherzte er.

„Na gut", gab sie zurück.

„Was, du hättest nichts dagegen?"

„Warum sollte ich? So eine Frau würde sich nie für dich interessieren."

In Wirklichkeit war das Thema für sie noch lange nicht erledigt. Und mit Recht. Ludwig ging nämlich dazu über, sie tatsächlich zu betrügen. Dabei stellte er sich nicht einmal besonders geschickt an.

Sie waren inzwischen beide berufstätig, arbeiteten sogar in derselben Firma. Sie gehörten zwar verschiedenen Abteilungen an, sahen sich aber zuweilen tagsüber. Diese Gefahr unterschätzte Ludwig. Er jagte hinter jeder Frau her, die nicht bei drei auf den Bäumen war.

Eines Tages sagte er in einer unbeobachteten Ecke zu einer Kollegin, mit der er schon lange flirtete:

„Du bist so heiß wie Frittenfett. Ich würde zu gern wissen, ob ich mir die Finger verbrennen würde, wenn ich dich anfasse."

Die ermutigende Antwort:

„Wenn du es wirklich wissen wolltest, hättest du es schon längst probiert."

Dadurch ermutigt, befummelte er sie nun ausgiebig. Sie machte mit und sie zogen sich in die Besenkammer zurück.

So etwas geschah öfter.

Luisa bekam nichts davon mit. Was sie aber einmal mitbekam, war ein Telefonanruf auf seinem Handy, von dem sie offenbar nichts wissen sollte. Sie hatten ihre beiden Handys nebeneinandergelegt und sie klingelten gleichzeitig. Versehentlich griff sie seines. Bevor sie etwas sagen konnte, drang eine weibliche Stimme an ihr Ohr:

„Hallo Schnuckelputz, treffen wir uns nachher wie besprochen? Ich kann es kaum erwarten, bin schon ganz feucht …"

„Wer sind sie? Lassen sie meinen Freund in Ruhe!", fauchte Luisa in das Gerät, um sich dann wütend Ludwig zuzuwenden und ihm die Leviten zu lesen. Das hätte sie sich sparen können. Die Anruferin war nur eine von vielen.

Dass Luisa ihm nun Vorhaltungen machte, beeindruckt Ludwig offenbar. Er machte einen zerknirschten Eindruck. Nur Theater? Nein, er meinte es ernst, aber es hielt nicht lange vor. Bei der nächsten Gelegenheit war alles wieder verflogen. Es ging weiter wie bisher.

Schließlich glaubte er sogar, zum Gegenangriff übergehen zu können, und das kam so:

Unter den Frauen, mit denen er ein Techtelmechtel hatte, gab es eine Margie, die in derselben Fima wie Ludwig und Luisa arbeitete. Die Gute war etwas unterbelichtet, was Ludwig jedoch nicht weiter störte. Er hatte schließlich nicht vor, geistreiche Gespräche mit ihr zu führen. Die Gespielin sah gut aus. Das war die Hauptsache. Sie trafen sich zuweilen, hatten beide ihren Spaß und das war's.

Diese Margie hatte die Angewohnheit, irgendwelche Informationen, die sie irgendwo aufgeschnappt hatte, zu abstrusen Theorien zu kombinieren und sie dann als Fakten weiterzuerzählen. Ein armes Hascherl, das sich wichtigmachen wollte.

Als sie nun von Ludwig erfuhr, dass Luisa diesem seine Seitensprünge vorwarf, glaubte sie sich zu erinnern, dass sie beobachtet hatte, wie Luisa öfter mit manchen Männern eng zu zweit zusammengestanden hatte und dann den Abstand vergrößert hatte, als andere Mitarbeiter dazukamen. In ihrem Spatzenhirn wertete sie das als ein untrügliches Zeichen, dass Luisa und diese Männer eine Vertrautheit verband, die sie verbergen wollten, woraus sie flugs folgerte, dass Luisa ein heimliches Verhältnis mit diesen Männern gehabt haben musste. Ein absurder Gedanke für einen normalen Menschen. Aber normal schien sie nicht zu sein.

Sie erzählte Ludwig von diesen vermuteten Verhältnissen, als wären es Tatsachen. Was das Beste war: Sie glaubte inzwischen selbst daran. Dadurch wiederum hörte sie sich überzeugend an. Ludwig fiel nur zu gern darauf herein. Er fragte zwar erst einmal nach, verstand dann aber Margies verquere Logik nicht – wer könnte das schon? –, akzeptierte jedoch ihre Schlussfolgerung, da sie ihm in den Kram passte. Nun benutzte er sein neues Scheinwissen für einen Gegenangriff auf Luisa:

„Wie kannst du mir Untreue vorwerfen, wenn du es selbst mit der Treue nicht so genau nimmst?!"

Luisa konnte es nicht fassen. Sie ließ sich den ungeheuerlichen Vorwurf erklären und rastete dann aus. Schließlich konstatierte sie:

„Das ist eine unverschämte Lüge. Sag mir, von wem du das hast und ich werde diese Person verklagen!"

Das wollte Ludwig dann doch nicht riskieren, zumal er Margie gut genug kannte, um zu wissen, dass sie manchmal totalen Blödsinn redete.

So entschuldigte er sich bei Luisa und versicherte, in Zukunft ebenfalls treu sein zu wollen. Ob er dazu überhaupt in der Lage war?

Ein paar Tage später unterhielt sich Ludwig in der Kaffeeküche mit einer anderen Kollegin über die gesundheitlichen Gefahren des Zuckers. Die Kollegin, sie hieß Karolin, warnte Ludwig, dass zu viel Zucker ihn umbringen könne. Dieser erwiderte:

„Ohne Zucker wäre das Leben doch nur halb so schön. Die andere Hälfte ist Sex."

Karolin errötete, ohne indes entrüstet zu sein, worauf Ludwig nachsetzte:

„Man kann auch beides gleichzeitig haben, zum Beispiel so …"

Mit diesen Worten biss er in einen Donut und machte Anstalten, die hübsche

Kollegin lachend mit seiner Zuckerschnute zu küssen. Diese lachte mit und ließ ihn gewähren. Und schon waren sie in einen innigen zuckersüßen Kuss vertieft, schoben den Donut-Bissen von Mund zu Mund hin und her.

Wie das Schicksal es wollte, geschah es in diesem Augenblick, dass Luisa an der Kaffeeküche vorbeikam und die beiden in flagranti ertappte. Brüskiert wandte sie sich ab und ging wütend weiter.

Am Abend stellte sie Ludwig wütend zur Rede. Der versuchte, die Sache kleinzureden:

„Das war doch nur im Vorübergehen. Ein Unfall sozusagen."

„Ach so! Seid ihr vielleicht beim Abbiegen auf dem Flur mit den Mündern zusammengestoßen und konntet euch nicht wieder lösen?", spottete Luisa. „Was für ein Glück, dass ihr nicht hingefallen seid. Wie leicht hätte da dein Penis in ihre Vagina rutschen können! Man hört ja immer wieder von solchen Unfällen."

Es kostete Ludwig einige Überredungskünste und ein Armband als Geschenk, um aus dieser Sache irgendwie wieder herauszukommen.

Die Ursachen

Es sollte kein Einzelfall bleiben. Vor allem entwickelten sich viele der kleinen Schäferstündchen, zu denen er sich immer wieder verabredete, zu extradyadischen sexuellen Aktivitäten, wie man Seitensprünge fachlich korrekt bezeichnet. Auch das begonnene Spiel mit Karolin brachte er noch zum Abschluss. Das ist in diesem Ausmaß doch nicht mehr normal! Offenbar kannte er kein Halten mehr: Er schien sexbesessen zu sein. Der Fachbegriff für diese Erkrankung lautet Hypersexualität, aber es ließ sich nicht mit Sicherheit sagen, ob er wirklich im klinischen Sinn als krank bezeichnet werden konnte. Behandeln ließ er sich jedenfalls nicht.

Die Ursachen für sein abartiges Verhalten könnten wohl in seiner Kindheit zu finden sein. Er war als jüngerer von zwei Brüdern aufgewachsen und stets in allem der Zweite gewesen. Alles, was sein älterer Bruder in seiner Entwicklung erreichte, wurde wie eine Sensation gefeiert. Wenn er es dann irgendwann auch geschafft hatte, wurde es als selbstverständlich angesehen. Der Bruder war der Hoffnungsträger der Familie, er nur die Kopie. Das hatte lebenslang an seinem Selbstwertgefühl genagt. Den Mangel an Selbstbewusstsein kompensierte er nun als erwachsener Mann durch ein Übermaß an Sex. Bei dieser Gelegenheit durfte er sich als der Größte fühlen, fand höchstmögliche Bestätigung. Er konnte nicht genug davon bekommen.

Diese Störung war rein psychisch. Er sah eine Frau, und schon entdeckte er tausend kleine Schönheiten an ihr, so dass sie für ihn das Ziel seiner Träume wurde. Für den Sex mit ihr würde er alle Bedenken hintanstellen. Da steigerte er sich hinein. Nach diesem Ereignis mochte kommen, was wolle. Nur dieses eine Erlebnis wollte er noch. Neapel sehen und sterben!

Dabei entsprach diesem Traum in der Realität nur wenig. Der physische Akt verläuft nämlich in Wirklichkeit fast unabhängig von der Person der Partnerin. Alles Fantasie! Casanova hat in seinen Tagebüchern darüber berichtet. Er war einmal hereingelegt worden, schlief in totaler Dunkelheit mit einer anderen Frau als beabsichtigt und musste hinterher gestehen, dass er in diesem Augenblick restlos glücklich gewesen war.

Es handelt sich beim Sex um ein psychosomatisches Erlebnis des Individuums, das völlig unabhängig vom tatsächlich anwesenden Objekt der Begierde ist. Natürlich macht sich die Psyche ein Bild, das aber der Realität nicht entsprechen muss. Bei Ludwig kam es offenbar darauf an, immer neue Partnerinnen zu begehren.

Dementsprechend konnte man Ludwigs Sexbesessenheit als eine psychische Erscheinung bezeichnen.

Sein Krankheitsbild war kaum noch zu übersehen. Wenn er mit Luisa zu einer Party ging, umschwirrten ihn immer gleich irgendwelche dieser aufgebrezelten Tussen, die sich bei der Begrüßungsumarmung hautnah an ihn schmiegten und ihn mit einem Kuss auf den Mund verwöhnten, während sie Luisa wie Luft behandelten. So etwas gehört sich doch nicht, wenn jemand in Begleitung kommt! Und Ludwig verhielt sich auch nicht gerade wie ein Kavalier. Anstatt seine Begleiterin in den Vordergrund zu stellen, schäkerte er mit den Schlampen herum. Eine flüsterte ihm etwas ins Ohr, und kicherte kokett dazu. Ludwig schien es zu gefallen. Luisa schäumte vor Wut.

Sie verstand das nicht. Warum machten diese Frauen das. Es gab keine andere Erklärung, als dass sie sich in Konkurrenz zu ihr sahen. Sollte es tatsächlich so sein, dass all diese dummen Gänse sich Hoffnungen auf ihren Ludwig machten? Dann wohl nicht ohne Grund. Luisa konnte es nicht fassen. Was für ein Hallodri!

Da konnte sie schon mal das Kind beim Namen nennen und sich bei Ludwig beklagen. Gesagt, getan:

„Musst du denn mit diesen dummen Gänsen herumschäkern und mich dabei ignorieren? Woher kennst du die überhaupt alle?"

Ludwig redete sich heraus:

„Das sind doch nur ganz alte Freundinnen. Die habe ich schon ewig nicht mehr gesehen."

Luisa fragte nach, wie viele von diesen „alten Freundinnen" es denn noch gäbe, und erhielt nach einigem Zögern eine ausweichende Antwort:

„Da müsste ich in meinem Adressbuch nachsehen. Es sind ja einige Jahre seit unserer Schulzeit vergangen."

Mehr würde Luisa im Augenblick nicht erfahren, aber sie machte sich ihre eigenen Gedanken.

Luisa hatte sich schon über die neuen Raffinessen gewundert, die Ludwig manchmal in ihr Liebesspiel eingebracht hatte. Dass er sich diese im Lauf seiner vielen Turteleien angeeignet hatte, darauf war sie allerdings nicht gekommen. Noch nicht! Jetzt langsam ging ihr ein Licht auf.

Ab und zu ertappte sie ihn dann auch tatsächlich. Am Anfang landete sie Zufallstreffer, zum Beispiel, wenn er sich verplapperte, wo er am letzten Wochenende gewesen sei. Es war für Ludwig schon schwer genug, sich einen realen Terminplan zu merken. Wenn dann noch ein fiktiver für Luisa hinzukam, wurde es fast unmöglich. Auf seine Sekretärin konnte er auch nicht mehr zählen, seit er sie ebenfalls vernascht hatte.

Im fortgeschrittenen Stadium griff Luisa zu Kontrollanrufen und telefonierte ihm hinterher. Ludwigs Freunde kannten das schon und bestätigten auf Luisas Fragen immer Ludwigs Alibi: „Ja, der war hier", lautete im Zweifelsfall ihre Standardantwort auf Luisas Nachfragen. Luisa konnte anrufen, wen sie wollte, und bekam – oh Wunder – jeweils dieselbe Antwort: „Ja, der war hier." Wie konnte Ludwig an mehreren Orten gleichzeitig sein? Für Luisa lag der Fall klar: Sie sollte an der Nase herumgeführt werden! Nicht mit ihr! Sie knöpfte sich Ludwig vor. Ob das viel half? Nicht wirklich, aber immerhin machte sie ihm auf diese Weise seine Seitensprünge immer schwerer. Na klar, das war ja der Zweck der Übung.

Auch seine zahlreichen Überstunden begann sie zu überprüfen und ertappte ihn natürlich beim Flunkern. Er ging nun dazu über, öfter mal auf Geschäftsreise zu gehen. Er verreiste tatsächlich, mit wechselnder Begleitung durch junge hübsche Assistentinnen.

Luisa kam kaum noch hinterher, ihn zu überführen. Allerdings waren ihre Bemühungen bald nicht mehr nachhaltig. Es wurde einfach zu viel. Immer wieder aufs Neue suchte Ludwig sein Glück. So dauerte es nicht lange, bis Luisa ein stattliches Schmuckkästchen mit Zeugnissen seines schlechten Gewissens gefüllt hatte. Ihr Ärger über Ludwigs Verhalten wurde immer größer. Würde er sich je ändern? Es grenzte an ein Wunder, dass er bis dahin jedes Mal genug Charme aufbrachte, um sie wieder zu besänftigen.

Woran lag es nur, dass Ludwig all diese zahllosen Affären hatte? Gut, er wollte Sex, das gehörte zu seinem Krankheitsbild. Aber warum wollten auch die Frauen? Als Adonis konnte er wohl nicht durchgehen, obwohl es an ihm nichts auszusetzen gab. Er hatte nur nicht dieses Überragende eines Märchenprinzen. Glücklicherweise für ihn; denn solche Blender sind den meisten Frauen suspekt.

Er dagegen kam als der makellose Durchschnittstyp daher. Das ist der Typ, nach dem viele Frauen Ausschau halten, insbesondere unverheiratete Frauen auf der Suche nach dem Mann fürs Leben. Sie rechneten sich bei ihm realistische Chancen aus und er gefiel ihnen. Gute Manieren, beruflich erfolgreich, passables Aussehen – ungebunden war er auch noch. Den konnten sie sich als Ehemann vorstellen.

Dazu kam, dass es permanent zwischen ihm und den Frauen knisterte. Ludwig schien eine Antenne für weibliches Interesse zu besitzen. Eine Art sechster Sinn. Er fing einen interessierten weiblichen Blick sofort auf und reagierte darauf. Sein Testosteron-System lief stets auf Hochtouren und trieb ihn in jedes sich bietende Abenteuer.

Seiner geliebten Luisa wurde er dadurch untreu. Aber wie verhielt es sich mit den anderen Frauen? Nahm er ihnen etwas? Das kann man so nicht sagen. Eher schenkte er ihnen etwas: Träume! Sie fühlten sich wohl mit ihm, träumten von einem zukünftigen Glück. Entgingen ihnen dadurch andere Chancen? Das wäre schon unwahrscheinlich. Selten findet man den richtigen Partner durch gezieltes Suchen. Es ergibt sich meistens durch Zufall. Dieser Zufall wurde durch die gelegentlichen Treffen mit Ludwig wohl kaum verhindert. Ludwig selbst wäre der Erste gewesen, der seinen flüchtigen Bekanntschaften zu einer anderen Beziehung mit Zukunft geraten hätte. Er mochte die Frauen, mit denen er sich abgab, und wünschte ihnen alles Gute.

Praktisch gab es für ihn keine Schwierigkeiten. So stark, wie Ludwig beruflich eingebunden war, stellte es für ihn kein Problem dar, bei Bedarf Konferenzen und andere Team-Besprechungen vorzuschieben, wenn er zu einem Schäferstündchen verschwand.

Die eigentliche Gefahr lag in der Wahllosigkeit seiner Affären. So bestand die Möglichkeit, dass Luisa eine von ihnen kennen könnte. Das störte Ludwig nicht. Im Gegenteil, er wilderte auch in ihrem Bekanntenkreis.

Irgendwann kam dann der berühmte Tropfen, der das Fass zum Überlaufen bringt: Ludwig stieg mit Luisas bester Freundin Chantal in die Kiste. Chantal wiederum konnte ihrer besten Freundin nicht verheimlichen, was für einen Schürzenjäger sich diese da als Partner an Land gezogen hatte.

Luisa war wütender denn je zuvor. Das sollte der untreue Schurke büßen. Rache ist süß.

Zunächst nahm sie sich sein Auto vor. Das hütete er wie seinen Augapfel. Kurz vor dem Schlafengehen schlich sie sich hinaus und steckte ihm einen Zettel hinter den

Scheibenwischer. Darauf hatte sie in Block-buchstaben geschrieben:

„Habe leider Ihr Auto gerammt. Wegen der Passanten muss ich Ihnen einen Zettel schreiben. Meine Personalien kann ich Ihnen jedoch nicht nennen, da ich knapp bei Kasse bin. Tut mir leid."

Am nächsten Morgen beobachtete sie, wie Ludwig den Zettel fand und in Panik um das Auto lief – auf der Suche nach dem Schaden. Vergeblich! Lange dauerte es, bis der Groschen fiel und er den Kopf schüttel-te. Aber natürlich wusste er immer noch nicht, wer ihm diesen Streich gespielt hatte. Wenn er überhaupt Luisa verdächtigte, so sagte er jedenfalls nichts. Das gefiel Luisa noch nicht so ganz. Sie bemerkte nebenbei zu ihm:

„Sei froh, dass sie dir nicht wirklich das Auto zerkratzt haben!"

Fiel jetzt der Groschen? Woher wusste sie das mit dem Auto und dass er hereinge-legt worden war? Er konnte sie nicht be-schuldigen. Dann hätte er auch zugeben müssen, dass Luisa allen Grund gehabt hatte. Und wirklich passiert war ja nichts. Er schluckte das Ganze einfach hinunter.

Das reichte Luisa noch lange nicht. Sie sang ein Lied, das von einer betrogenen Frau und ihrer Rache handelte, nahm es auf und mailte Ludwig die Audiodatei von einem neu eingerichteten Account zu. Er sollte nicht auf den ersten Blick sehen, vom wem die Mail kam. Das Lied ging so[1]:

---

[1] Die Vertonung ist bei YouTube zu finden.

Der Volldepp

Da rollt er schnaufend sich zur Seite, raucht noch eine,

dann spricht er frech zu mir, mein Mann, der Kleine,

und sagt, er hätte nachgedacht und rausgefunden,

dass er mich nicht mehr mag mit meinen Pfunden.

Er hätte eine andre Frau getroffen

Und unsre Ehe sei ja schließlich offen.

Das sei ganz von allein passiert.

Da hab ich ihm das Angesicht poliert.

Wie kann man nur so blöde sein,

Du Volldepp du, du geiles Schwein.

Hau ab und lass dich nicht mehr blicken,

Und unsre Ehe kannst du knicken.

Alsdann, wer seine Neue wäre, frag ich
noch.

Die Natalie, ich kenn sie doch.

Ja, ja, ich kenn die alte Schlampe

Na warte, die bewerfe ich mit Pampe.

So geh ich denn zur Natalie

Und schäume noch vor Wut auf sie.

Das arme Hascherl öffnet mir die Tür.

Sagt voller Angst, sie könne nichts dafür.

Mein Mann hätt sie zu sehr bedrängt.

Der Depp, am liebsten hätt ich ihn erhängt.

Wie kann man nur so blöde sein,

Du Volldepp du, du geiles Schwein.

Hau ab und lass dich nicht mehr blicken,

Und unsre Ehe kannst du knicken.

Ich tröste sie und will sie wärmen.

Schon liegen wir uns in den Armen.

Es zeigt sich, sie ist ganz ne Liebe

und würd sich freuen, wenn ich bliebe.

Ich bleibe und wir haben heißen Sex,

Ich zieh zu ihr, mein Mann ist jetzt der Ex.

Als der noch jammert, sag ich ungeniert,

Das sei ganz von allein passiert.

Wie kann man nur so blöde sein,

Du Volldepp du, du geiles Schwein.

Hau ab und lass dich nicht mehr blicken,

Und unsre Ehe kannst du knicken.

So weit das Lied. Luisa hatte damit nicht andeuten wollen, dass sie bisexuell sei. Es ging ihr einfach nur darum zu zeigen, was passieren kann, wenn man im engeren Umfeld untreu wird. Im Übrigen ergibt sich bei Frauen die gleichgeschlechtliche Liebe oft ganz natürlich. Frauen sind von der Evolution so geschaffen, dass sie andere Menschen anziehen. Das umfasst Männer und Frauen. Gleichzeitig sind Frauen für die Liebe offen. So kommt es leicht zu Zärtlichkeiten, die bis zum Sex gehen können, ohne dass sich die Frauen deswegen gleich als lesbisch veranlagt sehen. Wenn das Ganze dann allerdings in eine Beziehung mündet, wie im Song dargestellt, so würden sie sich schon als lesbisch oder bisexuell bezeichnen dürfen. Luisa teilte diese Neigungen nicht, hatte aber keine Scheu, sie zur Veranschaulichung der Situation aufzurufen.

Kurzum, sie wollte Ludwig davor warnen, was alles möglich wäre. Keine Reaktion von Ludwig. Konnte er sich wirklich nicht denken, von wem die Mail kam? Fühlte er sich überhaupt nicht angesprochen? Wahrscheinlich wusste er nur nicht, wie er reagieren sollte. Er steckte einfach den Kopf in den Sand! Wollte wohl die Sache mal wieder aussitzen. Damit sollte er nicht durchkommen! Diesmal nicht!

Sie würde nicht nachlassen!

Das Waffenarsenal betrogener Frauen ist umfangreich. Gern wird die Erregung von Eifersucht gewählt: sich mit einem anderen Mann einlassen, damit der eigene eifersüchtig wird und endlich erkennt, was er aufs Spiel setzt. In Fällen wie Ludwigs wäre es jedoch das falsche Werkzeug gewesen. Bei seinem so fragilen Ego wie seinem hätte es damit enden können, dass Ludwig sie einfach aufgäbe und sich ganz den anderen Frauen zuwendete. So würde sie ihn nicht zurückgewinnen.

Das musste Luisa gespürt haben. Gab es überhaupt noch Hoffnung? Mittlerweile glaubte sie zu erkennen, dass es für sie beide keine Zukunft mehr gäbe. Zu lange hatte sie gelitten! Und er machte keine Anstalten, sich zu bessern.

Jetzt beschloss sie, einen Schlussstrich zu ziehen. Man könnte sagen: Fällig wäre dieser Entschluss schon lange gewesen. Welche Frau nimmt das hin, was Ludwig ihr angetan hatte?

Aber das ist das Geheimnis ihrer Liebe, einer schicksalhaften Liebe, die Luisa mit Ludwig verband. Das ging über das Normale weit hinaus, grenzte schon fast an Hörigkeit. So etwas kann wunderschön sein, wenn es funktioniert, aber zur Qual werden, wenn die Liebe überstrapaziert wird. Nun war es tatsächlich dazu gekommen. Luisa brach unter der Last zusammen und gab auf. Eine Katastrophe! Sie wollte ihre Liebe nicht aufgeben, aber sie musste, um weiterexistieren zu können.

Sie würde sich also von Ludwig trennen und sagte es ihm ins Gesicht.

Damit hatte Ludwig nicht gerechnet. Er war sich Luisas Liebe immer sicher gewesen und jetzt das! Der arme Kerl zog ab wie ein begossener Pudel.

Nun endlich kam der Zeitpunkt, da ihm bewusst wurde, wie wichtig ihm Luisa war und er erkannte, wie schlecht er sie fortwährend behandelt hatte. Er hatte sie wirklich bis zum Wahnsinn geliebt, nur eben nicht ausschließlich. Geht so etwas? In seinem Fall offenbar schon. Aber damit setzte er seine große Liebe aufs Spiel. Das wollte er nicht. Eine späte Einsicht!

Aber vielleicht noch nicht zu spät. Er ließ zwei Wochen verstreichen, während derer er ernsthaft in sich ging. Er stoppte sogar seine Affären. Da er sich nicht sicher war, ob seine Beziehung zu Luisa tatsächlich zu Ende war, ließ er auch seine Affären vorläufig in der Schwebe. Das dürfte man schon für hinterhältig halten, aber es konnte auch als ein erster Schritt in die richtige Richtung gelten.

Dann kreuzte er wieder bei Luisa auf, brachte einen riesigen Blumenstrauß mit, diesmal rote Rosen, und – machte ihr einen Heiratsantrag!

Wie lange hatte Luisa darauf gewartet, als sie noch zusammen waren! Und jetzt kam er damit an! Luisa musste gleichzeitig lachen und weinen. Dann war es um sie geschehen: Sie sagte zu und fiel ihm um den Hals. Letztlich liebte sie ihren Ludwig immer noch, und von nun an sollte er nur noch ihr gehören.

Da stand lediglich Ludwigs polygame Natur im Weg. Er war ja bisher sexbesessen gewesen. Jetzt, da er verheiratet war, sollte das aufhören – aber wie? So einfach ändert man seine Verhaltensweisen nicht. Da musste schon ein Wunder her!

Andererseits wusste er, dass er sein Eheleben gefährden würde, wenn er so weitermachte. Da stand nicht nur sein Eheversprechen als solches im Raum, da ging es um sein ganzes Leben. Es würde sich nicht richtig anfühlen, wenn er weiterhin ein Doppelleben führte. Eines Tages würde er nicht mehr wissen, wer er wäre, wann er log und wann er die Wahrheit sagte.

Er musste sich von seiner Sexbesessenheit lossagen!

Die Ärztin

Es würde eine harte Bewährungsprobe werden. Aber zunächst kam es nicht dazu. Ludwig hatte seit einiger Zeit körperliche Beschwerden, die bei seinem Arzt Besorgnis auslösten. Da er Schlimmeres ausschließen wollte, schickte der Mediziner Ludwig zur Koloskopie. Der arme Patient wusste nicht, was ihn erwartete und hatte nicht widersprochen. Wozu auch? Es wäre sinnlos gewesen. Wat mutt, dat mutt.

Luisa machte sich Sorgen und verwöhnte ihren Mann. Dann ermutigte sie ihn zu dem, was er nun tun musste. Also zunächst einmal Darmentleerung. Aber restlos, bitteschön! Eine Tortur, die alle fürchteten, die sie kannten. Es ging am Vortag der Untersuchung los. Er musste literweise eine ekelhaft schmeckende Lösung zum Abführen trinken. Wichtig war, sich nicht zu übergeben. Es durfte nicht wieder oben raus, es musste alles nach unten durch. Gar nicht so einfach. Währenddessen konnte er sich praktisch auf der Toilette einquartieren. Die Prozedur ging bis zum späten Abend, wurde vor dem Morgengrauen fortgesetzt und endete erst kurz vor der Untersuchung. Aber dafür war der Darm dann wirklich sauber.

Als Nächstes brachte Luisa ihn mit dem Auto ins Krankenhaus und wartete dort auf ihn. Er wurde vorbereitet, bekam wie alle Koloskopie-Patienten diese merkwürdige Hose mit der Öffnung hinten verpasst. Er wusste, warum das so war, und machte widerspruchslos mit. Schließlich wurde der Zugang gelegt und er erhielt seine Sedierung, um während des Eingriffs zu schlafen.

Bei der Untersuchung zeigte sich, dass er trotz der Sedierung immer noch Schmerzen spürte. Also wurde die Propofol-Dosis erhöht und schon war er ganz weg.

Irgendwann ruckelte es. Wachte er auf oder schlief er noch? Aber ja, er schien es hinter sich zu haben. Noch schwebte er wie auf einer Wolke, wie in Watte gepackt. Wohl eine Nachwirkung der Sedierung. Er erfuhr das Ergebnis der Koloskopie: alles ohne Probleme. Er war gesund. Besser hätte es nicht kommen können. Jubelnd fiel er seiner Frau um den Hals. Diese beglückwünschte ihn und fuhr ihn nach Hause. Er selbst hätte nicht fahren dürfen – bei all den Betäubungsmitteln, die er intus hatte.

Ab dann wurde es interessant. Er beschloss, seine nun bestätigte Gesundheit auszuleben und sich zu amüsieren. An einem der folgenden Tage ging er abends ins Spielcasino. Er hatte dort schon früher manchmal den Nervenkitzel gesucht, ohne direkt spielsüchtig zu sein. Er tätigte einige kleine Einsätze, bis ihm danach war, etwas zu riskieren. Er setzte 200 Euro auf die 5, und 10 Euro auf „Gerade". Er glaubte nicht ernsthaft daran zu gewinnen, hatte aber Lust, fünfe gerade sein zu lassen – just for fun!

Und so ist es beim Roulette: Gerade, wenn man nicht damit rechnet, gewinnt man. Die 5 kam und er bekam 3600 Euro in Chips ausgezahlt.

Er fühlte sich gut und wollte eine Pause machen. Also setzte er sich an die Bar, um sich einen Drink zu bestellen. Er bat den Barkeeper:

„Einen Fruchtcocktail bitte, ohne Alkohol, aber mit Geschmack."

„Sehr wohl, der Herr."

Er bekam seinen Drink. Man sagt ja, nach einem Gewinn solle man aufhören. Okay, dachte er sich, also Schluss mit der Spielerei für heute. Aber nach Hause wollte er auch noch nicht. Was tun? Kaum hatte er den Gedanken gedacht, da setzte sich eine attraktive Blondine neben ihn und fragte ihn unverblümt, ob er ihr einen Drink ausgeben wolle. Wow, was für eine Frau! Groß, schlank, athletisch gebaut, mit fantastischen Kurven.

Er lächelte und lud sie ein.

Sie nahm eine Strawberry Lady.

Ganz klar schien sie eher der kühle, reservierte Typ zu sein, gab sich unnahbar. Und doch hatte sie ihn angesprochen! Unglaublich! Einen so überlegenen Eindruck machte sie, dass er geradezu eingeschüchtert wurde. Wollte sie ihn studieren wie ein Entomologe ein seltenes Insekt? Da konnte doch etwas nicht stimmen. Alle Alarmglocken schrillten: zu schön, um wahr zu sein! Sein Misstrauen erwachte. Hatte etwa Luisa einen Treuetest in Auftrag gegeben? Das hielt er für zu weit hergeholt. Und wenn schon! Dann würde er eben bloßgestellt! Er war doch kein Heiliger! Aber zurück zu realistischen Erklärungen: Entweder handelte es sich um eine Prostituierte oder um eine Venusfalle. Aber warum sollte sie es auf ihn abgesehen haben? Na ja, er hatte gewonnen, das stimmte ... Aber so viel nun auch wieder nicht ... Sollte er deshalb abgezockt werden? Das könnte eine Erklärung sein, musste aber nicht.

Die unwahrscheinliche Alternative wäre, dass die Superfrau sich in ihn verliebt hätte. Das konnte er kaum glauben. Er hielt sich zwar für recht stattlich, aber würde sich bei realistischer Selbsteinschätzung auch nicht gerade als unwiderstehlich einschätzen. Und so eine Frau? Schön wär's!

Er schob die Gedanken beiseite. Diese einmalige Gelegenheit wollte er nicht ungenutzt verstreichen lassen, nur weil er paranoide Anwandlungen hatte. Er würde schon aufpassen, aber erst einmal mitspielen. Also ging er auf ihren Annäherungsversuch ein, und begann den Smalltalk. Er stellte sich artig vor und sie sich ebenfalls. Die herbe Schönheit hieß Hilde und behauptete, im Gesundheitsministerium zu arbeiten, nichts Besonderes, nur eine Art Assistentin. Von ihrer Ausbildung her sei sie Ärztin. Donnerwetter: eine Klasse-Frau mit Niveau.

Schon war er hin und weg. Luisa hatte er sofort vergessen.

Wie konnte er nur! Gerade erst hatte er sich mit ihr versöhnt und sie geheiratet. Und schon ging er auf diese Hilde ein.

Überhaupt: Auf welchen Frauentyp stand er denn nun eigentlich? Luisa war sanftmütig, liebevoll, dunkelhaarig, rehäugig, südländisch, Hilde dagegen blond, blauäugig, nordisch, vor allem herb und eher abweisend. Zwei ganz unterschiedliche Frauen-Typen. Wie das?

Die Antwort: Ludwig war nicht wählerisch, er mochte alle Frauen. Dann kam hinzu: Luisa schien ideal für die ruhige Liebe, als Anker in den Wirren des Lebens. Zu ihr konnte er immer zurückkehren. Auf der anderen Seite gab es diesen Trieb des Mannes, seine Gene möglichst weit zu verbreiten. Da suchte er Frauen, die einen Kontrast zur eigenen darstellten, das Fremde verkörperten. Der ablehnende nordische Typ gab einem genau dieses Gefühl, in eine andere Welt einzudringen.

Apropos „eindringen": Ludwig wusste, dass hier etwas gehen könnte, berührte Hilde scheinbar zufällig mit dem Finger und hielt ihrem darauffolgenden eiskalten Blick tapfer stand.

Etwas belämmert stotterte er:

„Entschuldigung, das geschah nicht mit Absicht."

„Natürlich war es Absicht. Überspringen wir das Herumgeeiere", antwortete sie und fuhr fort:

„Sag schon, wonach dir der Sinn steht!"

Dazu ein lasziver Augenaufschlag.

„Was glaubst du denn?", wich er unsicher aus.

„Ich glaube, du willst Sex."

Damit hatte sie ausgesprochen, was er schon lange dachte, und sie landeten schließlich in einem Hotelzimmer. Ruckzuck hatten sie sich ausgezogen. Romantik war anders. Aber sie wussten, was sie wollten. Ab ins Bett! Hier kam es nun endlich zu Zärtlichkeiten. Sie erkundeten gegenseitig ihre Körper. Dabei entdeckte Ludwig ein Muttermal in Hildes Intimbereich. Es sah aus wie ein kleiner Penis.

„Was haben wir denn da?", rief er aus. „Das sieht ja aus wie ein …"

„Ich weiß selbst, wie es aussieht", unterbrach ihn Hilde. „Wenn du irgendjemandem davon erzählst, bringe ich dich um!"

Ludwig wollte gerade lachen wie über einen kleinen Scherz, als er in ihre Augen sah. Eiskalt und unerbittlich starrten sie ihn an.

Sie meinte es ernst!

„Natürlich nicht", beeilte er sich, ihr zu versichern. „Würde ich nie im Leben tun."

„Will ich dir auch nicht geraten haben."

Na so was, jetzt hatte er ein lebensgefährliches Geheimnis mit sich herumzutragen. Er hatte nicht darum gebeten!

Was, wenn er sich verplapperte? Solche Anekdoten erzählten seine Freunde und er sich doch dauernd! Von seinen Befürchtungen äußerte er keinen Ton, sondern machte ein ernstes Gesicht.

Nun hatten sie genug herumgetrödelt und schickten sich an, zur Sache zu kommen.

Sie waren schon fast mittendrin, da versteinerte Hilde plötzlich und fragte spröde:

„Hast du nicht was vergessen?"

„Äh … ich wüsste nicht, was?"

„Das Kondom natürlich!"

„Ach so … ich hatte gedacht, du wärest geschützt … also, das tut mir leid …"

„Wenn man zum ersten Mal mit jemandem Sex hat, den man noch nicht gut genug kennt, ist das eigentlich üblich."

Sie hörte sich missbilligend an, wie eine Schullehrerin.

„Ja, natürlich, du hast recht. Entschuldigung", stotterte Ludwig und fühlte sich wie ein ertappter Schüler.

Für einen Augenblick glaubte er, ihre gemeinsame Aktion wäre beendet, so streng sah Hilde ihn an. Sollte etwa der Koitus schon interruptus sein, bevor er überhaupt richtig begonnen hatte? Er schaute verdutzt aus der Wäsche. Aber dann stahl sich ein leichtes Lächeln in Hildes Gesicht und sie munterte ihn auf:

„Nun zieh dir schon einen Gummi über!"

Ludwig hatte immer welche dabei – eine Angewohnheit aus jenen Tagen, da er noch regelmäßig fremdging – und er beeilte sich, ihrem Befehl nachzukommen.

Sie: „Ich will doch hoffen, dass das ein unbenutztes Kondom ist!"

Er: „Nein, ich verwende die immer zweimal."

Er hatte seinen Humor wiedergefunden.

„Na ja, bei einem, der beinahe vergisst, es überzuziehen, muss man mit allem rechnen", kartelte Hilde nach, um dann noch amüsiert zu fragen:

„Mich würde wirklich interessieren, ob dir das öfter passiert, dass du das Kondom vergisst."

„Nein, das ist das erste Mal."

„Interessant."

„Wieso?"

„Das erkläre ich dir später."

Besser so; denn sie waren schon wieder mitten im Gefecht und die Situation hatte sich entspannt. Hildes Sprödigkeit löste sich und wich einer Weichheit, die er ihr nicht zugetraut hätte. Ihre Körper verschmolzen miteinander.

Später kam Ludwig auf die Frage zurück, was denn so interessant daran gewesen sei, dass er zum ersten Mal das Kondom vergessen hatte.

Hilde erklärte es ihm aus ärztlicher Sicht. Das Weglassen des Kondoms sei aus seinem unbewussten Wunsch entstanden, seine Gene zu verbreiten Dies wiederum sei eine Folge eines übermäßigen Sexualtriebs. Da es nun nach seiner Aussage eine neue Erscheinung sei, habe sie zu der Schlussfolgerung kommen müssen, dass sie selbst Auslöser seines verstärkten Sexualtriebs sei.

„Ist es nicht so, dass ich dich scharf mache?", fragte sie schelmisch.

„Doch, das ist eindeutig so", gestand er ihr lächelnd zu. „Mit dir fühle ich mich potenter denn je. Ich hätte sogar Lust auf einen Dreier."

„Da könnte ich dir helfen", meint Hilde. Sie kenne da eine andere Blondine, mit der sie so etwas schon einmal gemacht hätte. Ihr könne sie das mal vorschlagen. Ludwig war einverstanden und eine Woche später traf man sich zu dritt in Hildes Wohnung.

Sie besprachen die Regeln und schon ging es los. Jule, so hieß Hildes Freundin, konzentrierte sich hauptsächlich auf Hilde, während Ludwig sich an Jule zu schaffen machte. Dann wechselten sie die Rollen. Obwohl das Ganze eine neue Erfahrung für Ludwig darstellte, war er hinterher ein wenig enttäuscht. Er hatte ein „Mehr" an Gefühl erwartet, bekam aber ein „Weniger", da er teilen musste. Er wiederholte dieses Experiment nicht.

Dafür vergnügte er sich umso öfter beim klassischen Zweier-Sex. Das – mit immer neuen Partnerinnen genossen – wurde sein Lebensinhalt. Er trieb es mehrmals am Tag.

Zuviel des Guten

Ludwig fühlte sich wie im Paradies. Er vergnügte sich ohne Ende. Offenbar übertrieb er es. Was zu viel ist, ist zu viel! Er bekam Beschwerden, bei denen er nicht wusste, ob sie auf seine übermäßige sexuelle Aktivität zurückzuführen wären. Also suchte er einen Arzt auf und schilderte ihm sein Problem.

Der Arzt legte ihm nahe, etwas kürzer zu treten. Die sexuellen Eskapaden wären doch sicher nicht alle gleich gut.

„Lassen Sie doch einfach den langweiligeren Sex weg", schlug er vor.

„Das geht nicht. Das ist der Sex mit meiner Frau", retournierte Ludwig.

„Sie wissen schon, was ich meine", beharrte der Arzt. „Etwas weniger sollte es wirklich sein."

Natürlich hielt sich Ludwig nicht an den ärztlichen Rat. Wenn sich überhaupt etwas änderte, so wurde es noch mehr Sex. Die Quittung kam nach einer Weile.

Eines Tages blieb seine Erektion stehen. Es geschah bei Hilde und sie kannte den Namen dieser seltenen krankhaften Erscheinung: Priapismus. Das könnte eine Folge seiner sexuellen Exzesse sein, erklärte sie ihm. Die Dauererektion sei zwar lästig, aber im Grunde nicht gefährlich und würde nach einigen Stunden wieder abklingen. Es könne allerdings zu Spätfolgen kommen, eventuell zu erektiler Dysfunktion. Ludwig hatte von diesen Dingen schon einmal gehört, wie man solche Schauergeschichten hört. Bisher hatte er das alles für Märchen gehalten. Dass es ihm jetzt tatsächlich widerfuhr, beruhigte ihn nun auch nicht gerade. So etwas fehlte ihm gerade noch!

Gerade im Augenblick hatte er jedoch ein drängenderes Problem. Er musste unbedingt wegen eines Termines nach Hause. Wie sollte er in seinem Zustand auf die Straße? Ein weiter Mantel schaffte Abhilfe, indem er das Unsagbare verhüllte.

Zu Hause angekommen, ließ sich sein Zustand vor seiner Frau nicht verbergen. Er erzählte ihr, dass der Zustand seines Penis eine Nebenwirkung des Betablockers sei, den er regelmäßig nehmen müsse, um seinen Blutdruck zu senken. Das hatte er früher einmal im Beipackzettel des Medikaments gelesen, ohne dem viel Beachtung zu schenken. Hilde hatte ihn daran erinnert und geraten, es als Ausrede zu verwenden. Medizinisch wäre es möglich gewesen.

Er gab Luisa nicht viel Zeit nachzufragen und setzte sich vor den Bildschirm für die geplante Videokonferenz. Gut, dass nur sein Oberkörper zu sehen war.

Wie von Hilde prophezeit, erledigte sich sein Penis-Problem bald wieder von selbst.

Immer mehr hatte Ludwig im Verlauf seiner Abenteuer seine eigene Ehefrau Luisa vernachlässigt. Und nun das mit dem Penis! Luisa machte sich ihre eigenen Gedanken und wurde misstrauisch. Bald hegte sie den Verdacht, dass Ludwig ihr wieder untreu geworden wäre, und engagierte einen Privatdetektiv. Man kann es verstehen.

In jener Zeit beschlich Ludwig zuweilen das Gefühl, beobachtet zu werden. Er sprach mit Hilde darüber. Die stellte die Sache für ihn klar:

„Na und? Wir werden doch unser ganzes Leben von unseren Mitmenschen beobachtet. Das ist letztlich ganz normal. Dich stört es jetzt nur, weil du etwas zu verbergen hast."

„Ja, natürlich. Ich möchte nicht, dass Luisa etwas von uns erfährt."

„Warum nicht? Erzähl es ihr einfach und warte ab, wie sie reagiert."

„Ich habe Angst, dass sie sich dann von mir trennt."

„Da wüsste ich Abhilfe, ohne sie zu verärgern. Wenn es soweit ist, lass mich mit ihr sprechen!"

Das beruhigte Ludwig ein wenig und er verdrängte seine Ängste für die nächste Zeit. Umso wilder stürzte er sich wieder in den Sex. Hilde würde alles richten.

Dafür häuften sich jetzt merkwürdige Ereignisse. So kam er gerade wieder einmal mit Hilde in Fahrt, da fragte sie ihn plötzlich:

„Hast du nicht was vergessen?"

Nanu! Das musste ein Déjà-vu sein.

Blitzschnell zuckte seine Hand nach unten. Nein, dort hatte alles seine Richtigkeit, das Kondom befand sich an Ort und Stelle, wo es hingehörte.

„Was denn?", fragte er verwirrt.

„Na, mir zu sagen, dass du mich liebst", neckte sie ihn. „Ist doch so, oder?"

„Natürlich", antwortete er und dachte mit schlechtem Gewissen an Luisa.

Dieser ominöse Satz: „Hast du nicht was vergessen?" Er wollte ihn nie mehr hören!

Es sollte jedoch nicht das letzte Mal gewesen sein, dass er ihn zu hören bekam:

„Hast du nicht was vergessen?"

Wieder war es beim Sex und wieder war es Hilde, die ihn fragte. Diesmal kurz bevor er gekommen wäre. Immer diese Unterbrechungen! Und was war es diesmal?

„Du hast vergessen zu atmen, Ludwig! Wir wollen doch nicht, dass du einen Kreislaufkollaps bekommst!"

Und sie gab ihm Nachhilfe beim Atmen. Seltsam, wie ihre Worte nachhallten:

„Einatmen, ausatmen, einatmen, ausatmen, ..."

Ein wenig ärgerte es ihn. Er war doch kein Kleinkind! Außerdem erinnerten ihn ihre Worte an einen alten Blondinenwitz, den er schon immer für geschmacklos gehalten hatte. Als ob Blondinen nicht wüssten, wie man atmet! Und er wusste es natürlich auch!

Aber gut, sie war die Ärztin. Er befolgte ihre Anweisungen, atmete langsam ein und aus, ging den Sex jetzt langsamer an. Es funktionierte auch so und das Ergebnis befriedigte ihn ohne Einschränkungen. Tatsächlich hatte das langsamere Tempo den

Vorteil, dass er das Erlebnis bewusster auskosten konnte. Er fand Gefallen daran.

Merkwürdig erschien es ihm schon. Er atmete weiterhin ganz bewusst ein und aus. Es fühlte sich an, als tauche er in eine andere Daseinsebene ein. War er noch im Hier und Jetzt oder ganz woanders?

Die Lüftung des Geheimnisses

Bald kam der Zeitpunkt, da der Detektiv genug Beweise gesammelt hatte und Luisa Ludwig zur Rede stellte. Der tat, was Hilde ihm geraten hatte und verwies seine Frau an die Superärztin.

Das verwunderte Luisa zwar, aber sie wurde neugierig. Die beiden trafen sich. Hilde wies sich als Agentin des Gesundheitsministeriums aus und wies darauf hin, dass alles, was sie ihr, Luisa, nun erzählen würde, streng geheim sei. Luisa müsse zuerst eine Schweigeverpflichtung unterschreiben. Luisa las sich das Papier durch und stolperte über die drakonischen Strafen, die für den Fall eines Vertragsbruches angekündigt wurde.

„Das ist nun mal der Preis der Wahrheit", kommentierte Hilde trocken.

Luise hatte ein beklommenes Gefühl, platzte aber vor Neugier und unterzeichnete.

Nun erklärte ihr Hilde, dass Ludwig unwissentlich in ein geheimes Experiment der Regierung geraten war. In einem Supermarkt war ein geruchloses psychotropes Gas freigesetzt worden, um seine Wirkung auf ahnungslose Passanten zu testen. Die Käufer, zu denen zufälligerweise auch Ludwig gehörte, sollten dann unauffällig durch Ärzte beobachtet werden. Die Ärztin war in seinem Fall Hilde. Es stellte sich heraus, dass die Substanz den Sexualtrieb steigerte und gleichzeitig enthemmend wirkte. Dies sei der Grund für Ludwigs Untreue und man könne es dem armen Kerl nicht anlasten. Er sei nicht mehr Herr seiner Sinne gewesen und somit entschuldigt.

Luisa empörte sich:

„Ist so ein Experiment mit Menschen ohne deren Zustimmung denn überhaupt erlaubt?"

„Natürlich nicht. Aber es erfährt ja niemand davon. Alle Regierungen machen solche Sachen im Geheimen."

„Aber was für einen Sinn soll so ein Experiment haben?"

„Man arbeitet an Substanzen, die Menschen entpolitisieren sollen. Durch Steigerung des Sexualtriebs sollen sie davon abgehalten werden, sich politisch zu betätigen. Das kann ganz nützlich in Zeiten politischer Krisen sein."

„Das ist ja empörend!"

„Ja, wenn man es weiß. Normalerweise erfährt niemand davon. In Ihrem Fall habe ich eine Ausnahme gemacht. Ich habe Ihnen davon erzählt, obwohl es nicht vorgesehen war. Ich musste es einfach tun, weil ich Ihre Ehe retten will."

Nachdem sie einen Augenblick geschwiegen hatte, fragte Luisa, wie es denn jetzt weitergehen sollte.

„Kein Problem", bekam sie zu hören. Die Substanz habe sich zwar im Körper ihres Mannes festgesetzt und wirke retardierend über Wochen. Dieser Zeitraum sei aber demnächst abgelaufen. Dann wäre Ludwig wieder normal und sie, Hilde, würde sich zurückziehen.

Was die eheliche Treue beträfe, so empfehle sie ihr – von Frau zu Frau –, mit ihrem Mann Kinder zu bekommen. Das würde die Ehe stabilisieren.

Hilde behielt Recht. Ludwigs übertriebener Sexualtrieb normalisierte sich wieder und Hilde schloss ihre Dokumentation ab. Anschließend verabschiedete sie sich von Ludwig:

„Ich muss woanders eingesetzt werden. Streng geheim! Wir werden uns nicht wiedersehen. Mach's gut.

Übrigens, nur dass du es weißt: Du bist ein richtiger Mistkerl. Ich habe dich jetzt eine ganze Weile beobachtet und das ist mein Resümee. Du bist ein ziemlich hoffnungsloser Fall. Wenn du noch irgendetwas dagegen tun willst, lautet mein Ratschlag: Behandle deine Frau besser!"

Damit ließ sie ihn stehen und verschwand aus seinem Leben.

Ludwig konnte gar nicht fassen, dass er so abserviert worden war. Nur langsam sickerten Hildes Worte in sein Gehirn ein. Woher nahm sie das Recht, ihn zu kritisieren? Überhaupt, wer war sie denn? Sie waren Sexpartner gewesen, mehr nicht.

Es dauerte eine ganze Weile, ehe er Hildes Worte ernstnahm und erkannte, dass sie Recht gehabt hatte. Er nahm sich vor, sich zu bessern.

Vor allem kümmerte er sich nun intensiv um Luisa, versuchte, ihr ein guter Ehemann zu sein.

Ludwig erfuhr nie, dass er als Versuchskaninchen fürs Gesundheitsministerium gedient hatte. Er hielt sich einfach für einen Glückspilz, dass er diese Abenteuer hatte erleben dürfen und mit einem blauen Auge davongekommen war. Hilde schien für ihn so eine Art Superheldin gewesen zu sein. Schade, dass sie weg war.

Hatte Ludwig seine Lektion gelernt? Hildes Worte allein hätten vermutlich nicht gereicht. Nicht zuletzt half ihm aber, dass er unter den Spätfolgen seines Priapismus litt – erektile Dysfunktion –, was seine Fähigkeiten zum Ehebruch entscheidend einschränkte. Mit anderen Worten: Er bekam keinen mehr hoch. Das konnte doch nicht wahr sein! Nie wieder zu können, was er am liebsten tat, nur weil er damals nicht genug hatte kriegen können!

Er schwor sich: Wenn er das rückgängig machen könnte, würde er seine Frau nie wieder betrügen.

Mit diesem Schwur im Kopf suchte er Trost bei Luisa. Sie ging auf ihn ein und sie liebkosten sich ohne Koitus. Gemeinsam schliefen sie ein.

Langsam öffnete er die Augen. Neben ihm lag nicht Luisa. Er befand sich nicht einmal in seinem Bett, sondern auf einer Krankenhauspritsche. Wie kam er hierher? Eine Schwester sah nach ihm. Sie sah ein bisschen aus wie Hilde und leitete ihn an:

„Einatmen ausatmen, einatmen, ausatmen …"

Er atmete jetzt regelmäßiger und fragte:

„Wo bin ich?"

„Sie hatten eine Koloskopie. Die Sedierung führt manchmal zu intensiven Träumen. Dadurch sind Sie wohl verwirrt."

Hatte er alles nur geträumt?

Das war doch nicht möglich …

„Oh, ach so … Entschuldigen Sie bitte!", stammelte er und erhob sich schwankend, um zu gehen.

„Haben Sie nicht was vergessen?", drang ihre Frage an sein Ohr.

Was war das? Traum oder Wirklichkeit? Er tastete panisch nach seinem besten Stück und stieß auf die Koloskopie-Hose.

„Hier: Vergessen Sie nicht ihre Sachen! Sie wollen doch nicht so umherlaufen!"

Lächelnd reichte Schwester Hilde ihm seine Kleidung.

Er zog sich an und verließ die Station. Dann folgte das Arztgespräch. Leider verlief es nicht so erfreulich wie in seinem Traum. Im Gegenteil: Er erfuhr, dass er einen Tumor im Darm hatte. Eine Operation war unumgänglich. Er sollte einen Termin in der Chirurgie machen. Ludwig sank in sich zusammen und Luisa brachte ihn nach Hause. Den Termin in der Chirurgie würde er machen, wenn er sich erholt hätte.

Perspektiven

Ab jetzt betrog Ludwig seine Frau nicht mehr, obwohl er in der realen Welt physisch durchaus dazu in der Lage gewesen wäre. Seine Impotenz gab es nur im Traum. Immerhin beruhigend, dass „es" wieder funktionierte. Er genoss den Sex mit seiner Frau. Nicht so viel davon wie im Traum, aber genug.

Es war vor allem deswegen genug, weil Ludwig seine Liebe nicht mehr nur beim Sex zeigte. Oft im Verlauf des Tages berührte er Luisa beiläufig, aber zärtlich, flüsterte ihr dann ins Ohr:

„Ich liebe dich."

Er verspürte das in diesen Momenten tatsächlich ganz tief in sich. In ihr hatte er seine Traumfrau gefunden. So sehr hatte er sie begehrt! Und jetzt waren sie für immer zusammen. Was für ein Glück!

Ihre Beziehung gestaltete sich harmonischer denn je. Mit jedem Tag wurde sie besser.

Was passierte mit seinen alten Gewohnheiten? So etwas ist doch hartnäckig.

Wenn Ludwig jemals wieder einer Frau hinterherblickte, ertönte Hildes Stimme in seinem Kopf:

„Hast du nicht was vergessen?"

Beinahe hätte er in solch einem Moment seinen Schwur vergessen, Luisa immer treu zu bleiben. Aber schon hatte er sich wieder unter Kontrolle. Nie wieder würde er seine sexuelle Standfestigkeit für einen Seitensprung riskieren. Und nicht nur das: Er hatte jetzt ein Glück gefunden, das ihm genügte.

Der alte Wüterich in seinen Eingeweiden, der ihn bei jeder hübschen Frau gezwickt hatte, war endlich verschwunden. Nun endlich konnte er sich als von seiner Sexbesessenheit geheilt betrachten.

Mit der Darm-Operation hatten sie es nicht so eilig. Vorher wollten sie es noch einmal so richtig krachen lassen. Man weiß ja nie, wie so etwas ausgeht. Sie feierten Partys und buchten eine Mittelmeerreise. Zunächst flogen sie nach Athen, besichtigten die Akropolis und fuhren dann mit dem Schiff weiter nach Mykonos.

Als sie abends durch die schmalen Gässchen schlenderten, schmiegte Luisa sich eng an ihn und flüsterte:

„Ich bin schwanger."

Sie hatten in letzter Zeit öfter über das Thema Kinder gesprochen und letztlich Einigkeit erzielt. Es hatte damit begonnen, dass sie ihn gefragt hatte:

„Willst du eigentlich Kinder?"

Er darauf: „Muss das gerade jetzt sein?"

Sie: „Was habe ich gerade gefragt?"

Verblüfft wiederholte er:

„Willst du eigentlich Kinder?"

Darauf hatte sie gewartet: „Ja, unbedingt!", antwortete sie auf die scheinbare

Frage. Ludwig schüttelte amüsiert den Kopf und sagte:

„Darüber müssen wir noch sprechen."

Sie hatten dann ernsthaft diskutiert und waren bei dem Entschluss angelangt, es trotz der bevorstehenden Operation wagen zu wollen. Wenn er nicht überleben sollte, würde wenigstens etwas von ihrer Liebe bleiben.

Nun hatte es also geklappt.

Wenn er auch bisher emotional noch nicht ganz bei der Erwartung des Kindes angekommen war, so platzte jetzt der Knoten. Eine tiefe Freude erfasste ihn.

Er umarmte Luisa und küsste sie.

„Wie wunderbar!", rief er aus.

Luisa lächelte glücklich.

„Du wirst ein wundervoller Vater sein", sagte sie.

„Und du eine fantastische Mutter", antwortete er.

Bei einem Glas Wein in einer Taverne mit Blick aufs Meer ließen sie den Tag ausklingen.

Knapp neun Monate später bekamen Luisa und Ludwig ein gesundes Söhnchen geschenkt. Sie nannten ihren Junior Max. Von nun an verbrachte Ludwig seine Freizeit zu Haus mit Frau und Kind.

Es waren die besten Zeiten seines Lebens, obwohl er es zu diesem Zeitpunkt noch nicht in vollem Umfang empfand. Es gestaltete sich eben alles nicht so ganz leicht. Nachts immer wieder raus zu müssen, kaum dass man mal eingeschlafen war, konnte schon auf die Nerven gehen. Und bis der Kleine dann endlich durchschlief, dauerte länger als erwartet. Auch dann musste man noch ab und zu aufstehen. Sie wechselten sich damit ab. Tagsüber ging es einigermaßen, aber an so etwas Luxuriöses wie Sex war vorläufig nicht zu denken. Auch fehlte ihnen in diesem Stadium die Lust dazu. Sie wollten lieber schlafen, so oft sie konnten.

Aber dann folgte eine angenehme Zeit. Sie durften miterleben, wie Max die Welt entdeckte. Was gab es Schöneres?

Krankheit

Ein Anruf der Chirurgie riss Ludwig aus seinem angenehmen Leben. Man ermahnte ihn, sich jetzt endlich der überfälligen Operation zu unterziehen. Er hätte möglicherweise schon zu viel Zeit verloren.

Tatsächlich gestaltete sich die Operation aufwendiger als gedacht und zog sich über viele Stunden hin. Ludwig erlitt einen Atemstillstand und wurde an ein Beatmungsgerät angeschlossen. In diesem Zustand ließ man ihn erwachen. Er brauchte einen Augenblick, bis ihm klar wurde, was los war. Eine Schwester erklärte es ihm.

Immerhin wusste er jetzt, dass er diesmal nicht träumte. Wie hätte das möglich sein sollen? Er hatte noch nie von so einer Maschine gehört, geschweige denn eine gesehen. Man kann doch nur Bilder träumen, die man schon im Gehirn hat.

Ein nächster Gedanke kam ihm in den Kopf: Wenn er nicht träumte, musste er wach sein. Wenn er wach war, musste er leben. Er lebte! Das war doch schon einmal etwas. Er dachte an Luisa und Max. Er würde sie wiedersehen!

Die Operation war erfolgreich gewesen. Das befallene Segment des Darms war entfernt worden. Nun hieß es abwarten, ob der Krebs zurückkehren würde. Regelmäßige Nachuntersuchungen standen an. Und immer die Angst vor einem Rückfall!

Immerhin hatte Ludwig erst einmal neue Lebenserwartung geschenkt bekommen. Gleichzeitig wusste er nun, wie schmal der Grat zwischen Leben und Tod war. Er genoss in Zukunft jeden Tag, als wäre es sein letzter, wurde ruhiger und ausgeglichener. Die verbleibende Lebenszeit nahm er dankbar als Geschenk an und bemühte sich, sie zum Besten zu verwenden.

Am Tag vor seiner Entlassung aus dem Krankenhaus saß Ludwig mit Luisa auf der Terrasse der Krankenhaus-Cafeteria und sie betrachteten gemeinsam den Sonnenuntergang.

„Wie schön die Welt ist", bemerkte Ludwig. „Und wie ich mich freue, sie noch bewohnen zu dürfen."

„Ja, das ist ein Geschenk", stimmte Luisa zu. „Ich bin glücklich."

Ludwig liebte Luisa in diesem Augenblick mehr denn je zuvor. Seine frühere Verliebtheit war einem Gefühl der tiefen inneren Verbundenheit gewichen. Endlich hatte er sich aus seiner Selbstbezogenheit lösen können und sich ganz auf sie bezogen.

Nun brauchte er auch Hildes Ermahnungen nicht mehr, um seiner Frau treu zu sein. Von seiner Sexbesessenheit war er geheilt. Er hatte die wahre Liebe gefunden.

Als er wieder zu Hause war, spielte er während seiner Rehabilitationszeit viel mit Max. Dann kam der Sohn in den Kindergarten. Äußere Einflüsse stürzten auf den Kleinen ein. Eines Tages überraschte er seine Eltern mit dem Wunsch nach einem Geschwisterchen. Fast alle Kinder im Kindergarten hätten welche und warum er nicht, das sähe er nicht ein.

Die Eltern versprachen, sich die Sache zu überlegen.

Am Abend setzten sie sich bei einem Glas Wein zusammen.

„Meinst du wirklich, wir sollten noch ein zweites Kind bekommen, oder wäre das zu riskant?", wagte Ludwig, die Frage in den Raum zu stellen. Er konnte ein Rezidiv seines Tumors nicht ausschließen.

Luisa sah ihm ernsthaft in die Augen und antwortete: „Ja, das sollten wir. Ich bin bereit, das Risiko mitzutragen."

So sollte es sein. Sie waren verliebter denn je und bekamen bald ein Töchterchen mit Namen Nicole.

Ludwig bekam keinen Rückfall mehr. Der Krebs war endgültig weg. Er hatte riesiges Glück gehabt.

Einmal kam sie noch, die fatale Frage, ob er etwas vergessen hätte. Luisa und

Ludwig waren gerade fertig mit dem Frühstück, da fragte sie ihn unvermittelt:

„Hast du nicht was vergessen?"

Er hatte die Frage schon so lange nicht mehr gehört, dass er aus allen Wolken fiel.

„Ich wüsste nicht, was", antwortete er stotternd.

„Heute ist unser Hochzeitstag. Ein Glückwunsch wäre wohl angebracht."

„Ja, natürlich, mein Schatz. Wie nachlässig von mir! Entschuldige bitte! Herzlichen Glückwunsch zum Hochzeitstag! Die Blumen bekommst du später."

In Zukunft vergaß er auch das nicht mehr.